LES ÉTOILES DE BAIE-DES-COUCOUS

Hockey à babord!

Helaine Becker

Illustrations de
Sampar

Texte français de
Caroline Ricard

Éditions Scholastic

Catalogage avant publication de Bibliothèque et Archives Canada
Becker, Helaine, 1961-
[Pirate Power Play. Français]

Hockey à babord! / Helaine Becker; illustrations de Sampar;
texte français de Caroline Ricard.

(Étoiles de Baie-des-Coucous)
Traduction de : Pirate Power Play.

ISBN 0-439-94620-4

I. Sampar II. Ricard, Caroline, 1978- III. Titre. IV. Titre : Pirate Power Play.
Français. V. Collection : Becker, Helaine, 1961-
Étoiles de Baie-des-Coucous.

PS8553.E295532P5714 2006   jC813'.6   C2006-902748-X

Édition publiée par les Éditions Scholastic,
604, rue King Ouest, Toronto (Ontario) M5V 1E1 CANADA.

6 5 4 3 2 1   Imprimé au Canada   06 07 08 09 10

Table des matières

Chapitre 1

En rentrant chez lui ce jour-là, Félix
Michaud est loin de se douter qu'il vivra
bientôt une aventure des plus étranges.
Et tout ça, à cause d'une mitaine égarée…

La séance d'entraînement a été
mémorable – c'est peut-être la meilleure
que les Étoiles de Baie-des-Coucous aient
jamais connue. Raphaël Goudreau a
enfin découvert le secret du patinage
à reculons, qui lui permettra de ne plus

s'écraser le derrière contre la bande.
Les jumeaux Justin et Jérémy Houle
se sont transformés en piliers défensifs
invincibles. Et le lancer frappé d'Audrey
Bourgeois était époustouflant.

Félix est tellement enchanté par ce
revirement de situation qu'il est déjà
à mi-chemin de la maison lorsqu'il
s'aperçoit qu'il lui manque une mitaine.
Il sait que, s'il est encore en retard pour
le souper, sa mère va lui tordre le cou.
Mais que dira-t-elle s'il rentre sans la
mitaine si tendrement tricotée par
grand-maman Blanchard? Félix décide
de rebrousser chemin.

Il fait presque noir lorsqu'il arrive à
la patinoire. Il cherche sa mitaine dans
les moindres recoins. Elle n'est ni sur le
banc ni dessous. Le jeune garçon se met
à quatre pattes pour vérifier si elle ne

serait pas tombée derrière. Il trouve un emballage de tablette de chocolat et une vieille pièce de monnaie, mais pas de mitaine.

Il lance le papier, laisse tomber la pièce de monnaie dans sa poche et s'apprête à continuer ses recherches.

Tout à coup, il sent une grosse main l'agripper par le cou.

Félix est brutalement remis sur pied. Le pirate (car la grosse main poilue appartient à un pirate) se penche jusqu'à ce que leurs deux visages soient tout près l'un de l'autre.

— Qu'est-ce que c'est que ça? tonne le corsaire d'une voix à vous faire dresser les cheveux sur la tête. Ça m'a tout l'air d'un minuscule ver de terre!

— Lâchez-moi, gros dégoûtant! crie le jeune garçon.

Il donne un coup de pied dans le genou du pirate, le mord au poignet et le pince sous l'aisselle, mais en vain.

— Ha! ha! ha! ricane le brigand, qui, d'une poigne de fer, soulève Félix du sol. Tu es malin et vigoureux, ajoute-t-il en hochant la tête d'un air approbateur.

Je crois que je vais te garder. En plein ce qu'il nous faut, camarades! Un nouveau moussaillon pour faire nos corvées!

Des silhouettes commencent à se rassembler dans l'ombre. Félix aperçoit bientôt quatre, huit, puis vingt pirates!

— Hourra! Hourra! clame l'équipage. Plus besoin de nettoyer le pont!

Le capitaine (car le pirate qui agrippe Félix est en effet le capitaine) secoue son prisonnier.

— Notre bateau, la *Reine de la Fatalité*, se trouve là-bas, dans cette crique sombre à l'abri des regards. Alors tu nous suis comme un gentil garçon, ou on te fait subir le supplice de la planche!

— Ça va! lance Félix en se tortillant. Mais posez-moi par terre!

Le pirate le laisse tomber avec un bruit sourd.

— Maintenant, du nerf si tu ne veux pas finir en nourriture pour les poissons!

— Oui, oui, j'ai compris, murmure Félix.

Puis, chargeant son sac sur son épaule,
il se met en rang derrière le capitaine
et, à contrecœur, marche au pas dans
l'obscurité.

Chapitre 2

Les pirates serpentent le long de l'étroit
sentier menant à la crique. La silhouette
fantomatique d'un navire surgit du
brouillard.

— Je ne savais pas que les pirates
existaient toujours, dit Félix en voyant
le pavillon à tête de mort. Pour de vrai,
je veux dire.

— Comment, plus de pirates? s'étrangle

le capitaine. Ce serait comme d'affirmer
qu'il n'y a plus d'eau ni d'étoiles! Es-tu
idiot, mon garçon? Il y a plus de 200 ans
que des pirates habitent ce coin du pays!
Mon grand-père maternel, qui était nul
autre que Barbe-Noire, a été le premier à
faire de Baie-des-Coucous sa terre
d'attache. Mon grand-père paternel, quant
à lui, était l'impitoyable fléau des mers
que l'on surnommait Barbe-Bleue. Tous
les étés, il regagnait sa villa dans les

environs pour une nouvelle saison de
pillage. Quand mes ancêtres sont morts,
ma mère et mon père ont pris
l'entreprise familiale en
main. Puis je suis arrivé.
Ils m'ont nommé
Capitaine Barbe Noire-
et-Bleue, en l'honneur
de mes illustres
ancêtres.

— J'ai entendu
parler de vous, mais

j'ai toujours pensé que vous n'étiez qu'une légende, réplique Félix.

— Une légende! rugit Barbe Noire-et-Bleue. Comment tout cela ne pourrait-il être qu'une légende quand on voit ce qui est écrit sur ton chandail? N'est-ce pas écrit *Baie-des-Coucous*? Eh bien, à Baie-des-Coucous, il y a des flibustiers et des fiers-à-bras depuis avant les dinosaures! Comment peux-tu affirmer que les pirates n'existent plus alors que tu en es pratiquement un toi-même?

— En réalité, monsieur, balbutie Félix, je suis ailier droit.

Tous les pirates s'arrêtent et lui lancent un regard curieux.

— Ailier droit, répète le jeune garçon. Dans une équipe de hockey, vous comprenez? Les Étoiles de Baie-des-Coucous, c'est une équipe de hockey.

Les pirates continuent de fixer Félix.

— Vous ne savez pas ce qu'est le hockey? Impossible!

Maintenant, c'est au tour de Félix d'être abasourdi.

— Je ne peux pas croire que des gars comme vous n'ont jamais entendu parler du hockey, murmure le jeune garçon en secouant la tête avec dédain. Vous êtes peut-être des pirates, ajoute-t-il en reniflant, mais vous n'êtes sûrement pas d'ici.

— Espèce de petit chiot! gronde Barbe Noire-et-Bleue en attrapant Félix par la gorge. Je vais t'apprendre à surveiller ton langage lorsque tu t'adresses au meilleur pirate que le monde ait connu! Jetez-le dans la cale, les gars!

Avant que Félix puisse réaliser ce qui se passe, il se retrouve dans une cellule puante, au plus profond des entrailles du bateau. De la fenêtre munie de barreaux, il peut observer les pirates. Ceux-ci se balancent dans des hamacs, chantent des chansons de bord en faussant et jouent à « Pige dans le lac ».

Lorsque les yeux de Félix s'habituent aux ténèbres, il voit que la cale est pleine à craquer du butin des pirates. Des piles vacillantes d'objets volés menacent de s'écrouler. Quelques-unes étincellent d'or et de joyaux, mais la majorité d'entre elles sont de nature tout à fait différente.

Il y a des tuques de laine.

Il y a des coffres remplis jusqu'au bord de foulards et de longs bas.

Il y a des montagnes de montres, de bagues d'humeur et de bottes d'hiver, ainsi que des crayons, des cahiers et des goûters détrempés.

Il y a une panoplie de poupées. Quelques-unes ont perdu des cheveux ou des bras, mais toutes ont perdu leur propriétaire.

Il y a des animaux en peluche, des gants de baseball et des ballons de soccer. Des chaussures de course, des parapluies et des sandales. De la crème solaire et des chapeaux de soleil, ainsi que des pantalons et des caleçons de ski.

Tous les objets que les enfants de Baie-des-Coucous croyaient avoir perdus sont

rassemblés ici, dans les entrailles de la
Reine de la Fatalité. Mais les objets n'ont
pas été égarés du tout : ils ont été volés
par les pirates!

Tout à coup, Félix repère un objet familier, sur un coffre débordant de butin. C'est une mitaine rayée, une mitaine identique à celle que lui a tricotée si tendrement grand-maman Blanchard!

« Des voleurs poltrons et lâches, voilà ce qu'ils sont! se dit Félix, furieux. Je vais leur apprendre! Je vais les arrêter! Mais comment? »

Enfermé dans ce cachot, il ne peut rien faire. Il doit élaborer un plan.

Chapitre 3

Félix appuie son front contre les barreaux froids et rouillés.
Enfouissant ses mains dans ses poches, il est étonné d'y découvrir la vieille pièce de monnaie qu'il a trouvée plus tôt, à la patinoire. Il la fait

rouler d'avant en arrière entre son pouce et son index pendant qu'il réfléchit.

Il réfléchit, et réfléchit encore.

Puis il a une idée.

Une très bonne idée.

Félix attend que l'un des pirates demande à un autre :

— As-tu des trois?

Puis il commence à ricaner doucement, juste assez fort pour que ses geôliers l'entendent.

— De quoi tu ris, toi? gronde Elmer-le-borgne.

— De rien, répond Félix en ricanant de nouveau.

— Tu oses rire de nous? Eh bien, n'oublie pas que c'est toi qui es dans une cellule!

— En tout cas, si j'étais à l'extérieur avec vous, je ne jouerais sûrement pas à « Pige

dans le lac », grogne Félix. C'est un jeu pour les bébés.

— Petit bon à rien... commence le pirate.

— Les durs comme nous, les Étoiles, laissent les jeux de cartes aux minables vers de terre, l'interrompt Félix. On préfère jouer au hockey. Ça, c'est un jeu digne des pirates.

— Ah ouais? Comment est-ce que ça se joue? demande Elmer-le-borgne.

— Libérez-moi et je vous montrerai.

Les pirates chuchotent entre eux un moment. Puis celui qui a une cicatrice en forme de pain à hot-dog dit :

— D'accord. On va te libérer parce qu'on est fatigués de ce jeu de cartes. Mais aucun geste louche, sinon on te jette aux requins!

Félix entend le cliquetis des clés, puis la porte de sa cellule s'ouvre dans un grincement sonore. Il est libre!

— Premièrement, on a besoin d'une rondelle, déclare Félix. Et de deux filets pour les buts.

Suivant ses recommandations, les pirates transforment le pont supérieur en patinoire. Ils l'inondent d'eau et, au matin, ils le trouvent solidement gelé.

Ils tendent alors deux hamacs entre des piquets pour faire les buts. Des lattes des barils sont transformées en bâtons, et le bouchon d'un tonneau, en rondelle. Des sabres rouillés sont fixés à des lanières de cuir et attachés aux bottes pour former des patins. Les pirates vacillent d'abord sur leurs lames, mais, grâce à leur pied marin, ils retrouvent vite leur équilibre!

Chaque soir, après une dure journée de pillage, les pirates se détendent en apprenant à jouer au hockey. Ils travaillent leur lancer du poignet en frappant la rondelle contre le bastingage et s'exercent à faire des passes; les mises en échec sont toutes naturelles pour eux, et ils sont excellents dans les échappées.

En fait, ils apprennent si vite qu'ils jouent bientôt leur premier match improvisé à peu près acceptable (les Pillards battent les Flibustiers 20 à 12). Même le capitaine Barbe Noire-et-Bleue joue de temps en temps.

Ce n'est pas la LNH, mais c'est du hockey. Du moins, cela y ressemble.

Le moment qu'attendait Félix arrive enfin. Devant un souper froid de riz et de calmars, les pirates se remémorent certains des meilleurs jeux de la semaine.

— Vous rappelez-vous quand Hubert-la-jambe-croche a déjoué Madoc et marqué contre Bob-le-boucanier? Quel beau jeu!

— Ce n'était rien comparé au jeu que j'ai fait en contournant le poteau, se vante Elmer-le-borgne.

— Tu veux dire ta façon honteuse de
cingler et de darder? s'indigne Tony Mory.
C'était un coup défendu et tu le sais.

— Yo! ho! ho! réplique Elmer-le-
borgne. Tu attends un jeu honnête d'un
pirate? L'envie de voler, que ce soit une
rondelle ou autre chose, coule dans mes
veines. Donner des coups de bâton, c'est
ce qui convient à un type comme moi.

Tu as de la chance que je ne t'aie pas
jeté par-dessus bord.

Hubert-la-jambe-croche hoche la tête
en signe d'approbation.

— Arrête de te lamenter, Tony, dit-il en
riant. C'est comme ça qu'on est censé
jouer au hockey.

Félix renifle doucement.

— Quoi? demande Elmer.

— Quoi, quoi? répond Félix d'un air
innocent.

— Tu as reniflé.

— J'ai fait ça, moi?

— Oui, tu l'as fait. Comme si tu avais

quelque chose à dire.

— Moi? Noooooon, rétorque Félix d'une voix traînante, laissant sous-entendre qu'il voulait effectivement dire quelque chose.

Attrapant Félix par le devant de la chemise, Barbe Noire-et-Bleue le soulève jusqu'à ce que ses jambes battent l'air.

— Parle! lui ordonne-t-il. Ou je fais une de ces colères...

— Qu'est-ce que vous voulez que je vous dise? Vous êtes pas mal bons... pour des *débutants*.

Un cri s'élève parmi les pirates.

— Pour des DÉBUTANTS! Ça, par exemple...

— Oserais-tu dire qu'il existe de meilleurs joueurs que nous, moussaillon? demande le capitaine. Ce serait une insulte à notre honneur.

— Noooooon, capitaine... Bien sûr que non.

C'est juste que... si on vous compare aux
Étoiles de Baie-des-Coucous...

— Tes vieux amis de bac à sable,
tu veux dire? rétorque le capitaine en
plissant les yeux et en approchant son
visage de celui de Félix.

Le jeune garçon compte quatre
flocons d'avoine, un haricot rouge et un
œuf d'oiseau – tout juste éclos – dans
l'épaisse barbe du pirate.

— Oserais-tu dire que mes hommes ne

pourraient pas battre une bande de bébés qui ont encore la couche aux fesses?

L'équipage rugit de rire.

— Bébé, bébé, plonge ta tête dans la purée! chantent-ils.

Félix regarde le capitaine Barbe Noire-et-Bleue droit dans les yeux.

— Je crois que les Étoiles de Baie-des-Coucous en finiraient rapidement avec vous. Vite fait, bien fait.

— Serais-tu en train de nous lancer un défi? demande le capitaine. Tu veux qu'on affronte ton équipe dans une bonne vieille partie de hockey?

— Oui, c'est exactement ça, répond Félix.

Le capitaine triture sa barbe.

— Alors, marché conclu, déclare-t-il. Qu'est-ce que vous allez nous donner si on gagne?

— Vous devrez parlementer avec le capitaine de mon équipe. Je peux vous représenter, si vous le désirez.

— D'accord, c'est comme ça qu'il faut faire, déclare Barbe Noire-et-Bleue en hochant la tête.

Puis, se tournant vers ses hommes, il leur dit :

— Elmer, Carl-le-coutelas, allez avec lui. Et veillez à ce qu'il ne nous joue pas de tour, sinon...

— On sait, répondent Elmer et Carl d'une même voix. On va servir de nourriture aux poissons.

Chapitre
4

La deuxième période touche à sa fin, et les Maraudeurs de Baie-Trinité mènent 2 à 1 contre les Étoiles. La capitaine des Étoiles, Laurie Crochet, est en train de boire avidement à la fontaine lorsqu'elle entend un cliquetis de chaînes à ses côtés.

— C'est moi, lui chuchote Félix. J'ai besoin de toi.

— Félix! s'exclame Laurie. Où étais-tu? On était malades d'inquiétude!

— Pas maintenant, l'interrompt Félix. J'ai des problèmes et j'ai besoin de ton aide. De la tienne et de celle du reste de l'équipe.

Il explique rapidement la situation. Du coin de l'œil, il voit scintiller l'épée de Carl-le-coutelas.

Quand Félix termine son histoire, Laurie siffle tout bas.

— Je vais en parler au reste de l'équipe. Je te donnerai une réponse à la fin de la troisième période.

Félix se traîne les pieds nerveusement en attendant la fin de la partie. Il sait qu'Elmer et Carl regardent aussi le match, tentant d'évaluer leurs futurs adversaires.

L'équipe est-elle vraiment à la hauteur du défi? Même si Félix en est sûr, il ne peut pas s'empêcher d'être anxieux. Les Étoiles sont de bons joueurs de hockey, mais ce ne sont que des enfants. Barbe Noire-et-Bleue et sa bande – *gloup!* – sont des pirates. Adultes, en plus.

Il ne reste qu'une minute de jeu avant la fin de la troisième période, quand Audrey Bourgeois marque un but en frappant la rondelle dans le coin supérieur droit du filet. Les équipes sont maintenant à égalité. Aussitôt que la sirène retentit, Laurie patine à toute allure vers Félix. Elle s'arrête dans un crissement juste à côté de Carl-le-coutelas et les lames de ses patins projettent un nuage de glace sur le pirate.

Après avoir enlevé son casque, elle essuie la sueur qui coule sur son front. Ses lèvres forment une mince ligne. C'est d'une voix dure qu'elle se met enfin à parler.

— Félix, je ne te l'ai jamais raconté, mais ma famille connaissait bien tes amis, les pirates. Mon arrière-arrière-arrière-arrière-grand-père, Euclide Mortimer Crochu, était capitaine sur un navire de la marine royale de Sa Majesté. Un jour qu'il effectuait une reconnaissance dans les eaux de la baie, son navire a été attaqué par les pirates. Ils se sont montrés sans pitié et la bataille a été sanglante. Mon ancêtre a réussi à les repousser, mais il a perdu sa main droite ainsi que 12 de ses meilleurs hommes dans le combat. C'est alors qu'il a changé de nom : de Crochu, il est devenu Crochet.

« Euclide a juré de se venger de ce diable qui avait osé attaquer l'un des navires du roi, mais il n'en a jamais eu l'occasion. Il est mort sans revoir son ennemi juré. Cet ennemi, poursuit Laurie en grimaçant, était Pat Pictou, le père de ton ravisseur.

« Alors tu peux être sûr que je serai à tes côtés, Félix. Tout comme le reste de l'équipe. Tu diras à ces pirates qu'on va les affronter demain. Si on gagne, tu retrouveras la liberté, et la *Reine de la Fatalité* nous reviendra. Si on perd, ce qui n'arrivera pas, ils auront 12 nouveaux matelots pour nettoyer leurs ponts! Tu diras aussi au capitaine Barbe Noire-et-Bleue que la véritable *Reine de la Fatalité* l'attend sur le rivage. Et que son nom (elle se redresse de toute sa hauteur) est la capitaine Laurie Joanne Euclide Crochet.

« Maintenant, j'ai une partie à gagner, Félix. Bonne chance! conclut Laurie en se dirigeant vers le centre de la glace pour la période de prolongation.

— Laurie? crie Félix.

— Oui? lance-t-elle par-dessus son épaule.

— On va tout faire pour que ton ancêtre Crochet soit fier de nous.

* * *

À bord de la *Reine de la Fatalité*, Barbe
Noire-et-Bleue se tourne vers l'équipage.

— Qu'est-ce que vous en dites, les
gars? Est-ce qu'on accepte les conditions?

— On accepte! On accepte! crient les
pirates.

— Alors c'est d'accord, déclare le
capitaine à Félix en faisant une courbette.
Carl-le-coutelas portera un message à ton
capitaine pour lui indiquer l'heure et la
date du match. C'est ce que font les
pirates.

Il s'assoit à son bureau pour écrire la
note.

— Quel est le nom de ton capitaine, déjà, mon garçon?

— Laurie. Laurie Crochet.

— Capitaine Crochet! LE capitaine Crochet? Espèce de chenapan! Tu ne me l'avais pas dit!

— Vous ne me l'aviez pas demandé! rétorque Félix avec un petit sourire narquois.

Le capitaine repousse sa chaise et, d'un coup de pied, l'enlève de son chemin. Il se met à marcher de long en large en se frottant les mains l'une contre l'autre.

— Alors c'est comme ça que ça va se passer. Je vais affronter mes ennemis, non pas de derrière un canon, mais de derrière la ligne rouge!

Chapitre 5

Le lendemain matin, Félix et l'équipage prennent place dans les chaloupes de la *Reine de la Fatalité* et les pirates rament jusqu'au rivage. Elmer-le-borgne menace le jeune garçon du poing.

— Ne pense pas qu'on va te laisser aller aussi facilement que ça, laveur de pont, siffle-t-il. On est trop contents de t'avoir parmi nous.

Félix garde le silence. Il ne dit rien
non plus lorsque le canot racle la plage
pierreuse. Ce n'est que lorsqu'ils arrivent
à la vieille patinoire délabrée des Étoiles
qu'il ouvre enfin la bouche :

— Que le meilleur gagne, dit-il avec
dignité.

Il tend la main. Ses poignets sont irrités, là où les chaînes ont frotté.

Le capitaine Barbe Noire-et-Bleue fait un petit signe de tête en lui prenant la main.

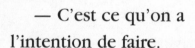

— C'est ce qu'on a l'intention de faire.

Le sourire du pirate est sinistre et froid.

Félix pénètre dans le vestiaire des Étoiles, où il trouve ses copains déjà en uniforme et prêts à se lancer à l'attaque. Laurie lui remet des jambières et l'aide à enfiler son chandail.

— Je suis heureuse que tu sois de retour, sain et sauf, dit-elle.

— De retour, oui, mais pas encore sain

et sauf, réplique Félix. Ça passe ou ça casse.

Il fléchit les doigts dans son gant.

— Ne t'en fais pas, lui disent les jumeaux Houle en plaçant leurs mains gantées sur celle de Félix. Tu peux compter sur nous. On va leur apprendre, à ces pirates, à ne pas embêter notre ailier droit!

— On peut y arriver! crient en chœur les autres joueurs en posant leurs mains sur celles de leurs camarades.

— On *va* y arriver! lance la capitaine Crochet en se levant, le front plissé de détermination. Allons-y!

La glace est belle, et les Étoiles prennent l'avantage dès le début. Les jeunes joueurs dominent le jeu grâce à leur agilité sur patins et à leur travail d'équipe. Mais les pirates compensent

leur manque d'habileté par de la pure
méchanceté. Après cinq minutes de jeu,
ils ont déjà violé toutes les règles. À deux
reprises.

Avant la fin de la première période, les

pirates ont déjà écopé de trois punitions pour avoir cinglé avec leur sabre. Ils en auraient mérité plus, mais le capitaine Barbe Noire-et-Bleue a projeté l'arbitre par-dessus la bande, dans les gradins. Bob-le-boucanier, le gardien des pirates, bloque maintenant l'entrée de son filet avec une planche en disant qu'il va le défendre à mort. Le Petit, qui a été renvoyé de la partie, lance un grappin sur le tableau de pointage. Puis après avoir traversé la patinoire, il se laisse tomber dans la zone du gardien de but des Étoiles et donne un coup de bâton sur la glace pour faire savoir à ses coéquipiers qu'il est à découvert. Personne n'ose crier hors-jeu.

Des pirates viennent d'accrocher Nathan à son filet avec son bâton et ont dessiné un gros X sur sa poitrine. Et maintenant, avec un cri à faire figer le

sang, ils chargent! Les Étoiles réussissent à les repousser, mais se voient infliger une pénalité pour bâton élevé. À la fin de la première période, le compte est toujours de 0 à 0.

— On ne joue pas comme une équipe! s'écrie la capitaine Crochet devant ses

joueurs épuisés. Qu'est-ce que
c'est que ces passes? Il faut
garder la rondelle en
mouvement, vite, vite!
On a l'avantage d'être
sur notre propre
glace! On ne peut
pas laisser Barbe
Noire-et-Bleue nous battre! Voulez-vous
passer le reste de votre vie à nettoyer
le pont de son bateau?

De l'autre côté de la patinoire,
le capitaine Barbe Noire-
et-Bleue menace sa
propre équipe.

— C'est votre
honneur et celui
de la *Reine de la
Fatalité* qui est
en jeu! Gagnez

cette partie ou, parole de capitaine, vous servirez de nourriture aux poissons, tous autant que vous êtes!

Au milieu de la deuxième période, Justin Houle arrache la rondelle à Elmer-le-borgne et la passe à Crochet. Cette dernière fait une passe à Bourgeois, qui

se trouve à la ligne bleue. Bourgeois fait
pivoter ses épaules et frappe durement
la rondelle, qui atterrit directement dans
le filet. Les Étoiles ont marqué un but!

Lorsque les joueurs reviennent sur
la glace pour la troisième période, les
pirates se lancent sans tarder à l'offensive.

Ils bombardent le filet, mais Nathan
Villeneuve arrête tous les lancers. Plus
le temps passe, plus les Étoiles se
rapprochent de la victoire.

Puis, à trois minutes de la fin de la
partie, Carl-le-coutelas frappe Jérémy
Houle, qui tombe à genoux. Le pirate
saute par-dessus le jeune garçon – et c'est
une échappée des pirates! Nathan fait de
son mieux, mais il n'est pas de taille face
au pirate et à son perroquet. Le tir de

Carl-le-coutelas part comme une flèche.
Les pirates marquent un but!

— C'est maintenant ou jamais, les gars,
crie Laurie, alors que les deux équipes se
placent au centre de la glace pour la mise
au jeu. Donnez tout ce que vous avez! On
y va, Baie-des-Coucous!

— On y va, les Étoiles! crient les joueurs
à leur tour.

Nathan forme un porte-voix de ses mains gantées pour lancer leur cri de ralliement, le cri envoûtant du huard à collier.

L'arbitre laisse tomber la rondelle.

Les Étoiles gagnent la mise au jeu. Bourgeois passe aussitôt la rondelle à Crochet. Crochet la remet à Michaud, qui la frappe vers Bourgeois. Bourgeois est dans la zone du gardien de but...

— Tu ne nous auras pas, ma petite! grogne Barbe Noire-et-Bleue.

Puis, lançant un terrible « Yo! ho! ho! », il attrape Bourgeois par-derrière, et la jeune fille perd la rondelle!

Tout à coup, Félix surgit de derrière le filet, qu'il

s'empresse de contourner. S'emparant
de la rondelle pendant que les secondes
s'écoulent, il joue des poignets et tente
un dernier tir désespéré avec toute la
force qu'il lui reste. La rondelle s'envole...
Puis – *bong!* Non! Elle a heurté la barre

horizontale!

Tout le monde retient son souffle en suivant des yeux la rondelle qui, soudain, tombe comme une pierre dans le filet.

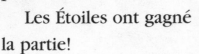

Les Étoiles ont gagné la partie!

Lorsque la sirène retentit, Félix, tout heureux, s'écrie :

— Hourra! Je suis libre! Je suis libre!

Puis il s'élance vers ses coéquipiers pour célébrer la victoire des Étoiles.

— Vous ne volerez plus aucun trésor aux enfants de Baie-des-Coucous! crie Jérémy aux pirates d'une voix rauque.

— Ah non? répond avec hargne Elmer-le-borgne. Tu crois que vous allez nous faire cesser nos pillages? Jamais! En fait,

je pense que je vais débuter une nouvelle saison de piraterie en grand, et te prendre en otage, mon gars.

En disant cela, le pirate attrape Jérémy. Bob-le-boucanier l'applaudit et s'avance en direction de Jérémy Houle.

— Laisse-le, haleine de phoque! crie Félix.

Il traverse la patinoire en trombe et, d'un mouvement rapide, renverse le filet sur le pirate tandis qu'à l'autre bout de

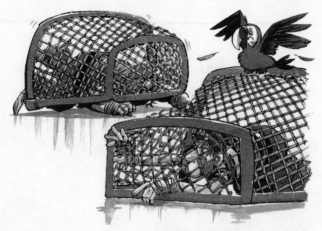

la patinoire, Nathan Villeneuve fait subir le même sort à Carl-le-coutelas.

Aussitôt, les cris terrifiants des pirates emplissent l'air. Des épées sont tirées. Des bâtons se lèvent. L'équipe des Étoiles va-t-elle encore devoir se défendre, mais cette fois, contre les épées mortelles des pirates?

Les jeunes joueurs attendent l'assaut de pied ferme lorsque, au-delà du vacarme, retentit la voix du capitaine Barbe Noire-et-Bleue.

— Laissez-les tranquilles, les gars! Le
poisson est ferré et la bataille est perdue.
Ils ont gagné leur liberté et notre butin,
de façon tout à fait loyale.

Puis le pirate laisse tomber son bâton,
lance son épée et jette par terre son
chapeau et son casque. Sous le regard
étonné de son équipage et des Étoiles,
il s'assoit sur la glace, les pieds tournés
vers l'extérieur, et se met à pleurer.

— Vaincu par une bande de petits
morveux! gémit-il. Je suis fini! Vraiment

fichu! Je ne suis pas doué pour le métier
de pirate!

— En fait, vous étiez un excellent
pirate. Vous êtes juste un gros zéro au
hockey, dit Laurie Crochet en posant sa
main sur l'épaule rembourrée de Barbe
Noire-et-Bleue. Et c'est dommage pour

vous, mais la *Reine de la Fatalité* et tout le butin sont maintenant à nous.

— Pauvre de moi! Qu'est-ce que je vais faire? Je ne suis rien sans ma belle dame. Je ne peux pas quitter mon navire!

Félix s'approche, à son tour, du pirate.

— J'ai une idée... dit-il avec un sourire malicieux.